LA RHODIENNE,

OV LA CRVAVTÉ de Solyman.

TRAGEDIE

Où l'on voit naïsuement décrites les infortu-
nes amoureuses d'Erafte & de Perfide.

A ROVEN.

Chez DAVID DV PETIT VAL,
Imprimeur du Roy.

1621.

ARGUMENT.

ERASTE Rhodien le miracle des Cheualiers de son temps, ayant occis vn Gentilhomme pour l'occasion d'vne chaisne d'or que luy auoit donnée sa maistresse Perside, le parangon des autres beautez, se retire à Constantinople vers Soliman, qui ayant remarqué ses vaillances au siege de Gaselle & Belgrade, luy donna l'estat de Baccha, peu apres ce Solyman, faisant enuahir l'Isle de Rhodes, receut en don comme vn miroir de perfection la belle Perside, dequoy ne pouuant ioüir pour l'extresme affection qu'elle portoit à Eraste, les allie ensemble, & fait Eraste gouuerneur de Rhodes ; mais se repentant apres de sa liberalité esperant iouïr de Perside, mande Eraste, & le chargeant de faux crimes, luy fait trancher la teste, puis va derechef deuant Rhodes,

A ij

4

auec vne armée, où Perſide qu'il penſoit
auoir, veſtuë des armés de ſon cher Eraſte, fut tuée, dont Solyman irrité, fit
pendre ſon couſin le Baccha Bruſor, en
vne Pyramide, eſleuée ſur vn magnifi-
que tombeau, qu'il fit faire pour appaiſer
les mânes d'Eraſte, & Perſide, & ce qui
incita Solyman de faire pendre Bruſor,
ſe fut parce qu'il luy auoit conſeillé de
faire décapiter Eraſte, pour ioüir de
Perſide.

AVX LECTEVRS EN
l'honneur de l'Autheur.

SVr l'eschaffaut superbe en vne Tragedie
On void le braue Acteur d'vne façon hardie,
Faire tonner les vers de son graue subiet:
Mais Mainfray, sans acteurs, sans eschaffauts, sans
    armes,
Nous fait voir dés Amours, des combats, des alarmes,
Bref ses vers semblent estre Histrions en effet.

           M. D. C.

A. P. MAINFRAY SVR
SA RHODIENNE,

SIXAIN.

APolon dés le Berceau,
Te fit sur le mont Iumeau,
Gouster de l'eau Pegaside,
Aussi par tes Doctes vers,
Tu viuras en l'vniuers,
En la mort de ta Perside.

          I. M. R.

          A iij

NOMS DES ACTEVRS.

Perside Damoyselle Rhodienne,
Myrthille nourrice de Perside,
Eraste Cheualier Rhodien,
Solyman Empereur des Turcs,
Brusor Baccha de la Romaigne,
Tenedos Baccha de la Natolie,
Mustapha page de Solyman,
Le Messager,
Capitaine des Iannissaires.

LA
RHODIENNE,
OV LA CRVAVTE
de Solyman.

TRAGEDIE.

ACTE I.

Perside.   Myrthille nourrice.

Perside.

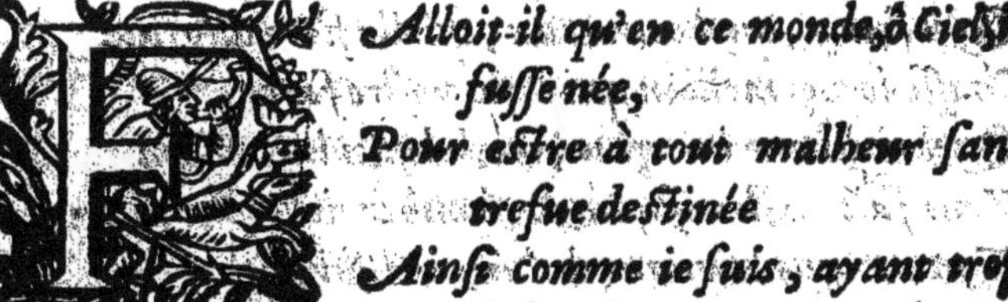

Alloit-il qu'en ce monde, ô Cieux!
fusse née,
Pour estre à tout malheur sans
trefue destinée
Ainsi comme ie suis, ayant trop
de leger
Donné foy aux propos d'un traistre mensonger,
Qui pour troubler mon heur a fait (remply d'enuie)
Exiller de mes yeux la vie de ma vie,
Erasle mon Amant, dont les splendides yeux

A iiij

Effaçoient la clarté du Soleil radieux:
Helas ô fier destin, ô Dieux, ô Ciel, ô Astres,
Falloit-il sur mon chef verser tant de desastres,
Tant de cruels tourmens, de malheurs & d'ennuits,
Changer mon miel en fiel & mes beaux iours en nuits,
Perdant cil qui portoit au cœur & sur la face
De Mars & Cupidon la vaillance & la grace,
Grace qui eust chârmé & dedans ses raths pris
Les plus superbes cœurs & les plus beaux esprits:
Mais que vay-ie disant, & pourquoy importune
Vay-ie accusant les dieux, le ciel & la fortune
De ce triste meschef, ignoray-ie comment,
Ie suis de son malheur le fatal argument?
Non non, ie ne me doy plaindre que de moy mesme,
Seule helas i'ay ourdy ce sanglant stratagesme
Par lequel ce guerrier de Rhodes le Soleil
Est absent de mes yeux ou peut-estre au cercueil:
Aussi comme ie suis de ses maux l'origine,
Ie seray le subiet de ma propre ruine.

Myrthille.

Quel vautour deuorant trouble vostre repos
Et vous fait éclatter de si piteux propos?
Quel soucy, quel courroux, quelle fiere disgrace
Chasse le vermeillon qui orne vostre face:
Quel malheur incognu, quel destin inhumain
Vous fait vostre estomach plomber de vostre main:
Non ne vous engagez dedans ce labirinthe,
Ne changez pas ainsi vostre miel en absynthe,
En tristesses vos ris, en espines vos fleurs,
Vos chansons en regrets, vos œillades en pleurs,
Et ce beau front poly iadis si agreable
A vn spectre de mort à l'œil épouuentable:

Recitez moy plustost d'où naissent ces douleurs,
Et ie feray calmer l'orage de vos pleurs.

Perside.

Hé quoy ignores-tu pauure Myrthille encore
D'où naist cet accident qui mon ame deuore:
Ne sçay-tu point comment Eraste mon amant,
Pour qui consite en dueil ie me vay consommant
S'est éclipsé de moy pour auoir son espée
Dans le cœur de l'amant de Lucine trempée.

Myrthille.

Ie ne sçay point cela, ce meschef m'est nouueau,
Mais qui l'a incité de le mettre au tombeau?

Perside.

Ie t'en vay reciter l'histoire veritable.
Eraste second Mars qui n'a point de semblable
En vaillance & beauté mon amour recherchant
Trouua mon cœur illustre à son desir panchant,
Le voyant si bien né que sans aucun obstacle
Vn chacun l'estimoit de Rhodes le miracle:
Quelque peu en apres ce gracieux Amant
Me donne vne émeraude & vn riche diamant,
Ensemblement conioints d'vn art si admirable
Que l'on n'eust pas sceu voir vn present plus louable.
Moy pour me reuancher de ce rare thresor,
Ie luy donne vne chaisne à petits chaisnons d'or,
Pour luy faire paroistre auec liesse extréme
Que s'il maimoit beaucoup ie l'aimois tout de mesmes
Or le Prince de Cypre un peu de temps apres
A Rhodes arriué pour celebrer exprés
Son Hymen destiné pour honorer la feste
Et se monstrer à tous aussi vaillant qu'honneste
Fit dresser des tournois où plusieurs caualiers

A l'enuy paroiſſoient ſur les rangs les premiers:
Eraſte entre ceux-là plain d'amoureuſe flame,
Deſirant témoigner ſa vaillance à ſa Dame,
Y comparut auſſi d'armes verdes armé,
Autant ſuperbement qu'vn Achil renommé,
Portant ma chaiſne d'or pour arres & pour gage
D'vn eſpoir pretendu de noſtre mariage:
Là parmy ces Heros de gloire deſireux,
Il ſe va témoignant ſi braue & genereux,
Que couchant ſur le pré hommes, cheuaux & armes,
Il ſe fait pour vn Mars recognoiſtre des Dames:
Et non content d'auoir vaincu tant de guerriers,
Il abbat meſmement Philippes de Villiers
Grand Maiſtre & gouuerneur de Rhodes noſtre
                 villes
Ayant donc ſurmonté cette troupe virille
I'en beniſſois en moy les deſtins & les dieux,
Voyant les plus hardis s'eſtimer glorieux
De toucher ſon harnois, de reſonner ſa gloire,
Luy offrir leur ſeruice ou chanter ſa victoire.

Myrthille.

De qui donc blaſmez-vous les aſtres & les dieux:

Perſide.

Ce n'eſt pas encor tout, le deſtin enuieux
Voulant aneantir noſtre amitié parfaite,
En cauſa du depuis la totale deffaite:
Eraſte donc ainſi d'vn chacun careſſé,
Pour eſtre recognu fut tellement preſſé
Qu'il ne pouuoit quaſi reſpirer ſon haleine,
Et le Prince de Cypre eſtant en meſme peine
Pour le voir luy tira ſon armet de ſon chef,
Mais las en luy tirant par vn cruel meſchef,

Il fit rompre le fil de la chaisne honorable
Que i'auois consacree à ce Mars redoutable,
Qui fut aussi tost prise estant tombée en bas
D'vn autre caualier qui talonnoit ses pas:
Eraste au mesme instant s'aduisant de sa perte
S'en informe à chacun, la demande en cachette,
Mais ne la trouuant pas pour tout son vain effort
Il souffre mille morts pires que n'est la mort:
D'ailleurs cil qui l'auoit la remarquant si belle
En fait vn beau present à vne damoiselle
Qui possedoit son cœur, mais pour faire la fin,
Moy ignorant cela, voicy qu'en vn festin
I'aduise en œilladant mainte dame mondaine
Cette-cy qui son col illustroit de ma chaisne,
Dont mon cœur deuenant comme vn marbre glacé
Se trouua sur le champ grandement offencé,
Croyant que mon Eraste en son endroit peu chiche
Luy eust en m'oubliant presenté ce don riche,
Neanmoins réfrénant ma ialouse fureur,
Ie dissimulay lors cette amere douleur
Esperant me vanger quand mon fidelle Eraste
Viendroit prendre vn baiser sur ma leure incarnate:
Au bout de quelque temps reuenant donc vers moy,
Ne pouuant plus celer mon pitoyable émoy,
Ie luy dis, quoy ingrat, mensonger & perfide,
Oses-tu bien encor te monstrer à Perside,
D'elle te baffouër, & sous vn faux propos
Inquieter son aise & troubler son repos:
Quoy & qui eust pensé qu'vne ame si bien née
(Ou si pleine de fard) eust esté destinée
Pour renuerser ma ioye & se mocquer de moy
Apres auoir receu des arres de ma foy:
Allez, retirez-vous luy dy-ie tout à l'heure,

Et ne venez iamais frequenter mon demeure.

Myrthille

Il fut bien estonné de vous ouyr parler.

Perside.

Il ne pouuoit iuger s'il estoit cheu de l'air,
Ou s'il estoit mué comme Niobe en roche,
S'il deuoit s'éuader ou de moy faire approche,
Puis son glaiue tirant comblé de déconfort
Il se fut offencé voire donné la mort.
Sans ma fille de chambre assez sage & discrette
Qui pour lors empescha qu'il ne se fut moleste:
Or Eraste iugeant d'où naissoit mon dédain,
Tasche à reconquester sa chaisne d'or soudain,
Va Lucine accostant, & masqué d'artifice
Feint luy vouloir offrir son cœur & son seruice,
Tellement qu'en iouant contre sa chaisne d'or,
Il va reconquestant ce celebre thresor
Dont il se tint heureux, aussi pour contr'échange
Il luy donne vn carquan par honneste reuange:
Mais comme le malheur suit le contentement,
Venant par deuers moy auec cet ornement
En escharpe en son col, voicy où il rencontre,
Ne pouuant éuiter son fatal malencontre,
Celuy qui quand il fut oppreßé d'vn chacun,
Le trouua à ses pieds par vn heur opportun,
Qui voyant à son col ce precieux ouurage,
Dit qu'il l'auoit vollé, & d'vn cœur plein de rage
Tenant l'espée au poing veut Eraste offencer,
Mais luy ce caualier desirant deuancer
N'attend son estocade, ains d'allegre vitesse
Luy portant le premier le iette à la renuerse
Roide mort estendu sans aucun mouuemens.

Eraste apres ce coup remply d'estonnement,
Craignant que cette mort volant de place en place
Ne le fit repentir de sa cruelle audace,
Son Corriual estant fort bien apparenté,
La chaisne d'or au col quitta cette cité
Afin de s'euader peut-estre dans la Grece,
Dedans la Romanie ou la Peloponesse,
Dont ie meurs sans mourir d'vne cruelle mort.

Myrthille.

Encor vous conuient-il prendre quelque confort.

Perside.

Mon dueil sera sans fin & mon mal sans remede
Tant que ie ne verray mon loyal Ganymede.

Myrthille.

Il vous faut en vos maux prendre vn peu de repos.

Perside.

Hà ne me parlez point iamais de ces propos,
Car ie serois cent fois plus qu'vne louue ingratte
Si ie ne regrettois mon cher amant Eraste,
Des braues caualiers le soleil & l'honneur.

Myrthille.

Vous estes l'argument de son cuisant malheur.

Perside.

C'est aussi le subiect qui mon ame transporte
Et me fait affliger & gemir de la sorte,
Car ialouse en mon cœur ne sçachant pas encor
Qu'Eraste auoit perdu sa riche chaisne d'or,
Ie l'ay si bien mis hors des bornes de soy mesme,
Que ie l'ay introduit à ce malheur extréme.

Myrthille.

Cela deuoit venir, sus donc recréez-vous

Car si le ciel fasché a versé son courroux
Dessus vostre bon heur changeant vostre influence,
Il vous fera reuoir quelque iour sa presence.

Perside.

Les dieux vueillent benins vostre voix exaucer.

Myrthille.

Ils nous donnent du mal pour nous récompenser:
Allons, ne trouuez plus cet accident estrange,
Car en cet vniuers toute chose se change.

ACTE II.　SCENE I.

Erafte.

*Q*uel astre rigoureux plein de fatalité
Gouuerna l'ascendant de ma natiuité:
Quel destin inhumain, quelle triste influence
Dominoit dans le ciel le iour de ma naissance,
Veu que ie suis le blanc où les dieux & le ciel
Décochent sans cesser leur rigueur & leur fiel:
Quoy les dieux & le ciel m'ont-ils mis sur la terre
Pour me faire à l'enuy vne si dure guerre?
Non ie ne le croy pas, mais c'est quelque demon
Qui veut faire éclipser la grandeur de mon nom,
Changer mes ris en pleurs, & reduire en fumée
Si peu que i'ay acquis de gloire & renommée:
O ialouse Perside où Cypris & l'Amour
Font comme dans Cythere vn éternel seiour:
C'est pour vostre subiect, c'est pour vostre querelle
Que ie suis exillé en la terre infidelle
Des idolastres Turcs absent de mes amis,

De ceux qui doucement m'ont sur la terre mis,
Et de ceux-là encor qui auec asseurance
M'ont appris à combattre & de courre vne lance:
Mais ce qui me contente en cet exil amer,
C'est que tu ne me peux d'inconstance blasmer,
Cognoissant par le temps que ie perdis la chaisne
Pour laquelle i'ay eu tant d'ennuy & de peine
Le iour que ie conquis aux tournois tant d'honneur:
Neanmoins tu croyois (changeant à coup de cœur)
Comme vn second Iason , que ie l'auois baillée
A Lucine qui ià l'auoit entortillée
Au col & s'en brauoit, chaque iour à mon dam,
Comme feroit vn gay des despouilles d'vn Pan:
Or soit ce que s'en soit , ie benis la fortune
Si douce elle ne t'est plus qu'à moy importune,
Car i'ay vn iour espoir par ma dexterité
De moissonner le fruit de ta chaste beauté,
Encor que du depuis cognoissant ton offence
Tu ayes eu loisir d'en faire penitence:
Pour moy quoy que banny i'ay assez trouué d'heur
Proche de Solyman des Turcs le grand Seigneur
Que ie sers maintenant , qui en diuerse place
Ayant veu de ses yeux ma belliqueuse audace,
Outre ce que i'estois aux armes renommé
M'a de charges chargé & du depuis aimé,
N'ignorant que mon cœur & mon glaiue fidelle
Le rendit triomphant du siege de Gaselle
Qui s'estoit reuolté & auoit pris dessein
D'éclipser le seruage & secoüer son frein:
Qu'ay-ie fait du depuis au siege de Belgrade
Bien que ie n'eusse encor commandement ny grade,
Quand dépitant la mort entre tant de soldarts
Ie mis son estandard sur le haut des ramparts.

Recognoissant aussi mes exploits militaires
Il me fit Colonel des braues Iannissaires,
Puis en apres Baccha, charge à la verité
Qui ne se va donnant qu'à qui l'a merité:
Bref tout rit à mes vœux, tout me paroit propice,
Les plus grands de la Cour s'offrent à mon seruice,
Solyman mesme craint de m'aller irritant,
La fortune pour moy n'a plus rien d'inconstant:
Mais parmy tant de bien, d'honneur & d'allegresse,
Perside seule va perturbant ma liesse,
Elle est le cher aymant qui me va attirant,
Et le cruel vautour qui me va martirant,
Encor qu'elle ait esté ainsi qu'un autre Helaine
L'argument de mon mal & l'obiect de ma peine.
Mais soit ce que s'en soit, exempt de sa beauté
Ie ne vis toutesfois que plein d'anxieté,
Car si viuant çà bas quelque bien me contente,
C'est quand son beau pourtrait en moy se represente,
N'ayant point de plaisir qu'il ne soit ennuyeux
Que quand ie vay songeant aux éclairs de ses yeux.
Mais entre tant de maux, de desastre & disgrace,
Ce qui fait la douleur remarquer sur ma face,
C'est que ie voudrois bien sçauoir asseurément
Si elle est viue au monde ou morte au monument:
Que si la pasle Atrope a butiné sa vie,
Ie n'auray plus de viure en l'Vniuers enuie,
Car le ressort qui tient le filet de mes iours,
C'est l'espoir de cueillir le fruit de ses Amours.
Que si elle est viuante en cette terre basse,
I'espere encor reuoir les beaux traits de sa face,
Si Perside perfide, inconstante & sans foy
N'a ma fidellité enseueli dans soy,
Et ainsi qu'un rocher du tout impitoyable

Oublié mon amour qui n'a point de semblable:
Mais c'est assez parlé de mon triste malheur,
Ie m'en vay à la Cour trouuer le grand Seigneur.

SCENE II.

Solyman, Brusor, Eraste, Tenedos.

Solyman.

SOit que le clair Phœbus pour darder sa lumiere
Face du firmament déboucler la barriere,
Ou que deuers le soir il aille dans les eaux
De l'humide Thetis abbreuuant ses cheuaux,
Si ne voit-il pourtant sur ce globe habitable
Prince ny Roy qui soit à moy seul comparable.
Ie suis sans parangon, ie suis l'Aigle des Roys,
Qui donne à qui me plaist les sceptres & les loix:
Ie suis seul Empereur des deux tiers de la terre,
Ie fay quand il me plaist & la paix & la guerre,
Ie suis le bouleuard des illustres Payens,
Ie garde le tombeau du grand Dieu des Chrestiens,
Ie suis le seul preuost du Paradis terrestre,
Ie fay subir chacun sous ma Royale dextre,
Ie tiens de l'Vniuers les resnes en la main,
Ie suis l'antique fleau du Pontiphe Romain,
Et des Princes Chrestiens qui comme à voir il semble
N'oseroient m'assaillir tous amassez ensemble,
Tant ils craignent le nom du puissant Solyman
Extrait du noble sang du grand Prince Otthoman,
Qui quittant Bonne-scene emerueillable fleuue
Fit retentir par tout la foudre de son glaiue.

Brusor.

Vos ayeuls delaissans les costaux Scythiens
Se sont tant augmentez aux despens des Chrestiens,
Qu'ores du grand enceint de cette lourde masse
Il ne leur va restant qu'une petite espace.

Solyman.

L'illustre Obocara suprint Ierusalem
Auparauant nommée & Solyme & Salem:
Le vaillant Otthoman conquit la Bithinie,
Et Pruse par assaut ville de la Mysie:
Orchan fils d'Otthoman n'ayant le cœur failly
Print Nice Orestiade & Phillipopoly,
Voire venant és mains par son exploit bellique
Surmonta combattant l'Empereur Andronique:
Amurat le premier imitant Otthoman
Print Pherres la cité, fit la guerre à Susman
Grand Duc de la Seruie & vainquit les Bulguares,
De vray il fut aussi ocis de ces barbares
Apres s'estre trouué tousiours victorieux
En trente sept combats malgré ses enuieux,
Puis mourant vaillamment és plaines de Cosole,
Son corps fut mis à Pruse en vn riche mausole:
Baiazet vint apres qui ne se dementant
Surmonta Philadelphe & alla conquestant
La ville d'Artzica sur le Roy d'Armenie,
Puis conquesta Thessalle, Argos & Paonnie,
Mais Tamerlan voulant de ses iours triompher
Luy fit finir ses iours en vn cageot de fer.
Mechmet luy succeda qui surprint la Carie,
Presques le Negrepont, Epyre, l'Achaye,
Macedone, Lesbos, Trebisonde, le Pont,
Cappadoce, Phrigie & le riche Hellespont,
Asie la Mineur, Cilicie, Andrinople,

Et la grande cité dite Constantinople.
Mon geniteur Selin imitant ces guerriers,
Pour se ceindre le chef de mille verds lauriers
S'empara mesmement du Bosphore de Thrace:
Et moy pour imiter de ce Prince la trace
Ie veux belliquement dans peu Rhode empieter:
Or que les Roys Chrestiens se veulent disputer,
C'estoit son seul dessein quand il estoit en vie,
Et luy deffunt ie veux accomplir son enuie.
Eraste mon soucy, puis qu'à cette cité
Tu dois ta nourriture & ta natiuité,
Que tu cognois le tort que tous ces insulaires
Me font ramant icy auecques leurs galleres,
Que tu sçais de ce lieu l'adresse & le secret,
Et que tu es autant genereux que discret,
Ie veux que tu conduise en ce lieu mon armée,
Et que par ta valeur ma grande renommée
Vole au Septentrion au lieu plus reculé:
Tu sçay qu'on t'a à tort de Rhodes exillé,
Parquoy pour te vanger ie veux que là tu aille
Renuerser à ses pieds sa superbe muraille.

Eraste.

Grand Prince ie ne peux assez dire combien
Vous me faites d'honneur, de faueur & de bien
M'élisant pour guider vostre gendarmerie:
Neanmoins, Monseigneur, si vous aymez ma vie,
Ou si i'ay quelque part en vostre affection,
Que ie n'aille cedant à vostre intention,
Que ma main ne renuerse & ne porte nuisance
A Rhode à qui ie dois ma vie & ma naissance,
Afin que ie ne sois de la posterité
Blasmé d'ingratitude & d'infidellité.

Solyman.

Quoy auez vous si peu de cœur & de courage,
Ne vous souuient-il plus Eraste de l'outrage
Que vous firent iadis vos ingrats citoyens,
Vous bannissant de Rhode exempt de tous moyens.

Eraste.

Cela n'est pas du tout esteint en ma memoire,
Mais le tout ballancé ie n'aurois point de gloire
Pour si peu de subiect, de reduire au tombeau
Rhodes qui m'a seruy de mere & de berceau:
Ce n'est point, grand Seigneur, que ie n'aye l'enuie
De consacrer pour vous & mon sang & ma vie
Au moindre commander de vostre Maiesté:
Vous n'ignorez comment ie me suis comporté
Au siege de Belgrade & deuant à Gazelle.

Solyman.

I'ay tousiours recognu ton seruice fidelle,
Mais puis que ie cognois que ton affection
Ne veut exterminer ceux de ta nation
Imitant Themistocle exempt de sa patrie,
Tenedos sera chef de ma gendarmerie,
Et sans aucun respect fera de son cousteau
De Rhodes la cité vn funeste tombeau.

Tenedos.

Grand Empereur des Turcs i'accepte cette charge
Et m'est desià aduis qu'ombragé de ma targe
La demy-picque au poing, i'apperçoy vos soldars
De Rhodes renuerser les indomptez rampars.

Solyman.

Mon ost à petits pas couure ià les campaignes
Pour n'estre trauaillé trauersant les montaignes,

Donnez tout au pillage & vſant de rigueur,
Faites tant que ie ſois de Rhodes le vainqueur.

Bruſor.

Tenedos en ſes mains tient deſià la victoire,
Il ne peut autrement , car ie ne ſçaur is croire
Qu'vn oſt ſi populeux à qui rien ne defaut .
N'emportaſt la cité par grace ou par aſſaut.

Tenedos.

Ie m'y comporteray deuant tous les gendarmes
Comme vn Baccha qui ſçait l'exercice des armes.

Solyman.

Vous n'eſtes appr entif à ce meſtier de Mars,
Vous ſçauez comme il faut gouuerner des ſoldars,
Dreſſer vn gabion , mettre en rang les batailles,
Et planter les Beliers pour briſer les murailles
D'vne ville rebelle ou de quelque cité
Qui deſire garder ſa chere liberté.

Tenedos.

Sire pour mon loyer ie veux perdre la teſte
Si ie ne fay dans bref de Rhodes la conqueſte.

Solyman.

Allons donc Tenedos partir il vous conuient.

Eraſte.

Prenez l'occaſion puis qu'ore elle vous vient.

ACTE III. SCENE I.

Perside, Solyman, Mustapha.

Perside.

O Rigoureux meschef, ô dure destinée,
Falloit-il que ie fusse helas au monde née
Pour estre le iouët de l'aueugle malheur,
Moy dont l'extraction, l'enfance & la grandeur
Promettoit à chacun quelque chose de rare:
O cruel Solyman, ô inhumain barbare,
N'estoit-ce assez d'auoir destruit nostre cité,
Prophané nos autels & l'hospitalité,
Esgorgé nos vieillards my-tremblans de vieillesse,
Ietté nos forts rampars & nos tours à l'enuerse,
Nos Vierges violé, démoly nos tombeaux,
Et fait ietter les corps pour pasture aux corbeaux,
Sans me faire tirer d'vn deuot monastere
Pour augmenter mes pleurs & croistre ma misere:
Hà, ie plains ton malheur Rhodes chere cité,
Bouleuard du Leuant, clef de la Chrestienté,
A qui malgré le sort & du ciel l'inclemence
Ie doy ma nourriture & ma chere naissance.
Hà où estoit ton bras Eraste mon Amant,
Cependant qu'on alloit nos peres assommant,
Qu'on violloit nos sœurs, qu'on poignardoit nos meres,
Et que l'on nous faisoit mille douleurs ameres:
Helas où estois-tu, dy-ie encor, second Mars,
Que tu ne paroissois armé sur nos rampars

La pique dans la main, le pauois sur la teste,
Et que tu ne grellois ainsi qu'vne tempeste
Vn orage de feux sur ces traistres payens
Qui se sont enrichis de nos propres moyens.
Hà si nous t'eussions eu (comme vn second Achille)
Ton aspect eut chassé les Turcs de nostre ville,
Ville qui pour t'auoir sans subiect mécognu
Meritoit le loyer qui luy est aduenu.
Pour moy bien qu'auec droit ie plaigne ma fortune,
Elle ne me seroit neanmoins importune
Si en perdant mes biens, mon pere & ma cité
Ie ne perdois encor ma chere liberté:
Mais quoy pour ma beauté iadis tant estimée,
Faut-il helas, faut-il que ie sois enfermée
Dans vn estroit Sarrail pour malgré mon desir
Seruir à Solyman de iouët & plaisir:
Ie sçay que ie luy ay puis peu esté donnée,
Mais auant qu'à ses vœux il me voye inclinée
L'air sera sans oyseaux, les plaines sans moutons,
Le soleil sans clarté & la mer sans poissons:
Que si à tous hazards il me veut faire outrage,
Et desire, cruel, rauir mon pucelage,
I'auray recours au fer, & d'vn brillant poignard
Ie me transperceray le cœur de part en part,
Car ie n'ay point en moy d'autre soin ny enuie
Pour sauuer mon honneur que de perdre la vie:
Mais le voicy venir, il me faut écarter,
Puis qu'il vient son amour en ce lieu lamenter.

Solyman.

O renommé Mahom, Prophete plain de gloire,
Ie veux plus que iamais à ton Alcoran croire,
Puis que de mon armée & de moy soucieux

De Rhodes tu me rends maiſtre & victorieux,
Et que tu m'as donné vne Princeſſe braue
Qui maiſtreſſe de moy mon cœur Royal eſclaue:
Quelle met amorphoſe ô dieux, quel changement!
Le ciel m'a fait vainqueur mais non entierement,
Puis qu'ayant reduit Rhode à la baſſeur de l'herbe
Ie ſuis apres vaincu d'vne dame ſuperbe
Qui encor qu'elle ſoit totallement à moy,
Meſpriſe mon amour, ma grandeur & ma foy:
Si ie veux l'accoſter elle fait la farouche,
Elle n'a rien ſinon qu'vn Eraſte en la bouche,
Et pour tout paſſe-temps, allegreſſe & confort
Ne deſire ſinon l'inexorable mort:
En fin comme en beauté elle eſt incomparable,
Elle eſt en ſon malheur du tout inconſolable,
Et rien ſinon le temps qui fait tranſmuer tout
Ne me fera venir de ſon amour à bout:
Car ainſi comme elle eſt l'épitomé des belles,
Elle eſt ſemblablement l'abbregé des cruelles:
Mais ce qui la retient de me donner ſon cœur,
Et qui luy fait vſer enuers moy de rigueur,
C'eſt ce nom qu'à tous coups ſans treſue elle reuoque,
Ne ſeroit-ce point bien Eraſte qu'elle inuoque,
Ils ſont tout d'vne ville & d'vne nation,
Ils peuuent s'entr'aimer de pure affection:
Mais il faut écouter les accens de ſa plainte.

Perſide.

Que ne fus-ie ô grands dieux dés le berceau eſteinte
Que ne fus-ie portée au centre d'vn tombeau
Des le iour que ie veis le Delphien flambeau:
O ciel inexorable à ma douleur cruelle,
Ciel ialoux, ciel ingrat, taſniere criminelle,

N'eſtoy ie

N'eſtoy-ie pas aſſez engagée au malheur
Sans redoubler encor ma peine & ma douleur,
Tu m'as premier rauy mon cher Amant Eraſte
Dont l'œil comme vn Soleil en l'vniuers éclatte,
Puis pour croiſtre mon mal & ma calamité
Tu m'exclus de moyens, de ioye & liberté,
Et au debris de Rhode inhumain miſe en proye
Ainſi qu'vne Heſionne au pillage de Troye:
Puis pour tout reconfort tu permets maintenant
Qu'vn barbare Gelon du ſang Chreſtien ſanglant
Non content de me voir ſous ſa main en ſeruage
Veut ſubmettre mon corps à ſa lubrique rage,
Non c'eſt par trop veſcu en cette anxieté,
Il faut vaincre le ſort & le ciel irrité,
Et m'auancer la mort pour recouurir la vie
Puis que la meſme mort ſon ſecours me dénie.
Adieu donc mon Eraſte, adieu Eraſte adieu,
Ie ne veux plus ſuruiure apres toy en ce lieu,
Soit que tu ſois viuant ou aux champs d'Eliſée,
I'eſpere encor reuoir ta face tant priſée,
Sus donc brillant poignard d'vn genereux effort
Fay moy vaincre en vn coup mon malheur & la mort.

Solyman.

Hà grands dieux immortels que deſirez-vous faire,
Pourquoy vous voulez-vous ma déeſſe défaire,
Pourquoy deſirez-vous d'vn poignard inhumain
Vous tranſpercer le cœur & offencer le ſein,
Pourquoy meſpriſez-vous le doux air de la vie,
Qui vous meut à cela, qui à ce vous conuie,
Eſt-ce pour mon ſubiet que vous voulez mourir,
Eſt-ce en dépit de moy que vous voulez perir,
Non non commandez-vous, forcez voſtre deſaſtre,

Et n'empourprez de sang voftre estomach d'albastre,
Reprenez vos esprits, r'auiuez voftre cœur,
Et le rendez du sort & du malheur vaincœur.
Elle se va pasmant, elle perd le courage,
Vne froide sueur roulle sur son visage,
Elle ferme les yeux, elle ne parle plus,
Vn sincope profond tient ses membres perclus:
Hà ciel plain de rigueur, hà fortune cruelle,
Voulez-vous me rauir vne chose si belle.
Hau Page Muftapha, mon amy sus auant.

Muftapha.

Sire que vous plaift-il.

Solyman.

Volle comme le vent
A la Cour vers Erafte, & sans parole vaine
Dits-luy qu'il vienne icy pour m'ofter hors de peine.

Muftapha.

Ie m'en vay y courir plus fort qu'vn poftillon.

Solyman.

Son teint va reprenant vn peu de vermeillon.

Erafte.

Où est le grand Seigneur, ie n'ay point veu sa face
Dans son palais d'yuoire il y a bonne espace,
Mais voicy Muftapha, ie vay luy demander.

Muftapha.

Mahon: comme ie croy vous fait icy guider,
Suiuez moy promptement le Seigneur vous demande.

Erafte.

Allons ie ne veux point vne faueur plus grande.

Solyman.

Erafte mon amy dittes moy verité,

Auez-vous autresfois coghu cette beauté.

Erafte.

Quel miracle eft cecy, hà ma chere Perfide,
Quel genie immortel en ce farrail vous guide,
Qui vous a mife icy, & quoy & auez-vous
Plus que Rhode échappé des Turcs l'aigre courroux.

Perfide.

Quelle ioye eft cecy qui mon ame contente,
Quel heur inefperé deuant moy fe prefente,
Hé quoy mon cher Amant, qui euft iamais penfé
Reuoir voftre beau chef par fillons compaffé:
Vienne donc maintenant l'impitoyable parque
Me faire trauerfer l'Acherontide barque,
Ie n'ay plus de regret d'obeïr à fa loy,
Puis qu'en mon dur exil libre encor ie vous voy.

Solyman.

Ie protefte Mahom & mon cher Diadème
Que ie fuis à prefent prefque hors de moy mefme,
Voyans ces deux amans s'entrecherir ainfi:
Et quoy mon cher Erafte, & quoy d'où vient cecy,
Qui vous a de vous deux donné la cognoiffance.

Erafte.

Seigneur pardonnez-moy fi en voftre prefence
I'ay temeraire ofé, de ioye tranfporté,
Baifer pudiquement cette aimable beauté.

Solyman.

Ie ne m'informe pas de cette outrecuidance,
Mais d'où vient feulement pareille cognoiffance.

Perfide.

Hà Dieu ie fens mon cœur d'aife tout tranfporté.

Erafte.

Ie vous vay en peu dire la verité,
Grand Seigneur, cette dame en vos mains en feruage
Et moy voftre fubiet fommes d'un pareil aage,
Nous nafquimes tous deux dans Rhodes la cité,
Efgaux de biens, de cœur, de flame & de beauté,
Mais comme auec le temps s'augmentoit noftre flame,
Pour gaigner l'amitié de cette chafte dame,
Ie luy fay un prefent d'un celebre diamant,
Elle qui m'honoroit auffi pour fon amant
Me donne fes faueurs affauoir une chaifne
Qui m'a fait endurer un abyfme de peine,
Car emportant le prix dans Rhodes d'un tournois
Ie perdis ce prefent que plus que moy i'aimois,
Lequel fut recueilly au milieu de la preffe
D'un faquin qui en fit fur l'heure une maiftreffe,
Mais moy la dégageant par un prix de valeur
Cettuy me la voyant me prend pour un voleur,
Et comme pour m'occir adextre il s'éuertuë,
Ie tire mon eftoc, ie l'enfille & le tuë,
Mais d'autant qu'il eftoit fort bien apparenté
Ie m'écarte & me fauue en icelle cité,
Où voftre Maiefté m'a donné plus d'offices
Que ne meritoient pas mes fidelles feruices,
Neanmoins ie ne fçay par quel art & deffein
Perfide que voilà vous eft venuë en main.

Solyman.

Elle a efté au fac de voftre ville prife,
Et à moy auffi toft donnée que conquife,
Dont ie fus bien ioyeux efperant quelque iour
En auoir la victoire & poffeder l'amour,
Mais puis que le deftin qui tout ordre difpofe

Apres tant de malheurs a permis cette chose,
Ie vous veux assembler par vn loyal hymen
Pour combler de plaisir vostre ennuyeux tourmen

Eraste.

Faisant effectuer nostre plus douce enuie
Vous nous obligerez le temps de nostre vie
De vous faire paroistre auec humilité
Que nous tenons nostre heur de vostre Maiesté.

Solyman.

Et vous puis que le ciel maintenant vous assemble
Ne desirez-vous pas vous allier ensemble.

Perside.

Sire puis que le ciel apres tant de malheurs
Change nos pleurs en ris & nos chardons en fleurs,
Ie ne veux m'opposer contre la destinée,
Car ie suis seulement pour mon Eraste née.

Solyman.

Allons donc aux autels du puissant Dieu nopcier
Trouuer vn Thalisman qui vous puisse allier
Car pendant que le ciel à vos vœux s'accommode
Ie vous fais gouuerneurs en mon Isle de Rhode.

Mustapha.

Voyez comme les dieux d'vn sinistre malheur
Font naistre bien souuent à la fin vn grand heur.

ACTE IV. SCENE I.

Solyman,   Brusor,   Baccha.

Solyman.

Ie sens un fier vautour qui deuore mon ame,
Et vn Ethne de feux qui sans tresue m'enflame,
Me brusle, ard & tenaille ainsi que les damnez
Qui au cocyte sont de Minos condamnez.
Ha que ie manquois bien de prudence & ceruelle
Quand ie me despouillay d'vne chose si belle,
Que le grand Iuppiter eust bien le ciel quitté
Pour se rendre amoureux d'vne telle beauté.
O chaste Rhodienne, ô beauté plus qu'humaine,
Pour qui ie vay souffrant vne éternelle peine,
Soit que Titan se couche, ou que l'Aurore encor
Attelle sous les eaux son char aux franges d'or.

Brusor.

Quoy Seigneur, voulez-vous de vous estre homicide
Pour ne pouuoir iouyr de la chaste Perside,
Vous l'auez mariée auec son cher Amant,
Et or vous vous allez pour elle consommant.
La faute en vient de vous, car si de son œillade
Vostre cœur se sentoit lethargique ou malade,
Vous deuiez sagement vostre mal alleger,
Et non la mariant vous mettre en tel danger:
Mais encor neanmoins qu'elle soit à Eraste,
Elle seroit vers vous inhumaine & ingratte
Si elle ne mettoit en repos vostre esprit.

Solyman.

C'est vn cœur de rocher, ie luy ay iâ écrit,
Mais elle m'a mandé pleine d'outrecuidance
Que ie veux seulement essayer sa constance.

Brusor.

Vous ne deuiez iamais la donner à autruy.

Solyman.

Elle se mouroit iâ de douleur & d'ennuy,
Puis son œil n'eut iamais dessus moy tant de force
Qy'il a eu, mon Brusor, puis le iour de sa nopce,
Car ie croy qu'en ce iour sa vermeille beauté
Eust bien le Ciel, les Dieux & l'Amour enchanté.

Brusor.

Mais quoy que ferez-vous pour pouuoir iouyr d'elle
Puis qu'elle est à vos plaints inflexible & cruelle.

Solyman.

Ie ne sçay, mais tu peux trouuer l'inuention
Pour la faire ceder à mon affection.

Brusor.

Ie la sçay, mais grand Roy il y pend de la vie.

Solyman.

Il n'importe il conuient accomplir mon enuie.

Brusor.

Puis que vous n'emportez sur elle que du vent
Tant qu'Eraste sera en ce monde viuant,
A cause de leur veüe & de leur accointance,
Vous ne pourrez auoir d'elle la iouyssance.

Solyman.

Que pourray-ie donc faire en ce cruel tourment.

Brusor.

Il faut mander Eraste icy secrettement,

Puis alors qu'il sera deuant voſtre preſence
De crimes & forfaits charger ſon innocence.

Solyman.

Et quoy que luy diray-ie amy conſeille moy.

Bruſor.

Qu'il vous aura manqué de promeſſe & de foy,
Qu'il vous aura donné des fables à entendre,
Qu'il aura aux Chreſtiens Rhodes deſiré rendre,
Et commis enuers vous mille infidellitez,
Puis ne pouuant nier ces crimes inuentez,
Deuant tous vos Bacchats ſans faire d'autre enqueſte
Vous luy ferez trancher incontinent la teſte.

Solyman.

Il faut faire cela pour conqueſter ſon cœur.

Bruſor.

Vous ne ſerez iamais autrement le vaincœur.

Solyman.

Allons donc ie luy vay toſt depeſcher vn page
Pour le faire venir s'enlacer au cordage.

SCENE II.

Eraſte, Perſide, Muſtapha.

Eraſte.

T Ant plus de noirs brouillards le ciel eſt épaiſſi,
Plus eſtans diſſipez il paroit éclaircy,
Plus Phœbus eſt caché d'vne nuée ombreuſe,
Plus il nous monſtre apres ſa face radieuſe:
Auſſi plus l'homme au monde eſt preſſé de malheur,
Plus le ciel ſoup ſur coup le comble de bon heur,

Diane quelquesfois eſt ſans ſa clarté belle,
Mais tous les mois auſſi ſa face renouuelle.
Si en Hyuer Cybelle eſt pleine de glaçons,
L'Eſté charge ſes flancs de fertiles moiſſons,
Si l'Automne frilleux pallit ſes landes vertes,
Le Printemps à ſon tour de fleurs les rend couuertes.
Neptune ne vomit touſiours la mer aux cieux,
Auſſi le dur deſtin, les aſtres & les dieux
Ne vont lanceãs touſiours leurs foudres ſur nos teſtes,
Ainſi le beau temps regne en apres les tempeſtes,
Et plus l'homme viuant eſt d'ennuys oppreſſé,
Plus il ſe voit en grade & en honneur hauſſé.
Nous en pouuons parler nous à qui les deſaſtres,
Le ciel, le ſort, les dieux, les hommes & les aſtres
Ont mis en ieu le mal qu'on pourroit inuenter,
Afin de nous deſtruire & de nous tourmenter,
Et puis changeant en heur leur fureur importune
Ils ont fait à nos vœux toute choſe opportune.

Perſide.

Si le ciel quelquesfois s'eſt aigry contre nous,
Si les dieux ſur nos chefs ont verſé leur courroux,
C'eſtoit pour chaſtier noſtre coulpable offence,
En eſprouuant nos cœurs au feu de la ſouffrance.

Eraſte.

Perſide ie benis l'Eternel de feruewr,
Non pour eſtre de Rhode vnique gouuerneur,
Ou pour eſtre chery en la Cour de mon Prince,
Mais pour n'auoir deſtruit ma natale prouince,
Pour n'auoir point ſeruy en ce ſaccagement
D'autheur, de fleau, de feu, de foudre & d'argumens,
Et pour eſtre fait grand par amour ou contrainte
Renié de mon Dieu la foy & la loy ſainte.

B v

Perside.

Ie benis l'Eternel pour vn autre bienfait
Lequel il m'a du ciel à mon grand besoin fait,
C'est qu'en tout mon malheur, ma prise, ma tristesse,
Il m'a tousiours gardé l'honneur de ma ieunesse,
Mais changeant de propos, monsieur, ne voy-ie pas
Vn courrier qui vers vous semble haster le pas.

Eraste.

C'est quelque messager que Solyman enuoye.

Perside.

S'il vient pour nostre bien qu'il arriue auec ioye.

Eraste.

C'est ma foy Mustapha qui marche droit icy.

Mustapha.

Mahom vous gard', monsieur, & vous madame
      aussi,
Le seigneur Solyman Empereur de l'Asie
Apres mille saluts de par moy vous supplie
De vous trouuer en bref en la Royale Cour,
Où d'ordinaire il fait son triomphant seiour,
D'autant que sa grandeur discrettement desire
Y tenir vn conseil pour le bien de l'Empire.

Eraste.

De le desobeir ie serois à blasmer,
Puis qu'il me fait l'honneur que de m'en informer.

Perside.

Ce voyage, monsieur, martirera ma vie,
Mais puis qu'il faut marcher humblemēt ie vous prie
De ne tant differer à reuenir icy.

Eraste.

Ma belle pour cela ne soyez en soucy,

Mon voyage sera & bref & profitable,
Mais allons Mustapha premier nous mettre en table,
Puis apres le repas quittant cette cité
Nous irons à la Cour trouuer sa Maiesté.

Perside.

Allons mon doux amy, la table est ià dressée,
Et la viande aussi pour seruir disposée.

ACTE V. SCENE I.

Messager, Perside.

Le Messager.

O Ciel plein de rigueur, ô destin courroucé,
O aueugle malheur qui eust iamais pensé
Que le vaillant Eraste au midy de sa gloire
Eust esteint par sa mort son nom & sa memoire,
Luy dy-ie qui iadis des autres caualiers
Se voyoit couronné de palmes & lauriers:
O dieux, ô ciel, ô sort, ô parques infidelles,
Hé que dira Perside en oyant ces nouuelles.
Ie ne luy feray point cette chose sçauoir
Bien qu'il faille enuers elle accomplir mon deuoir,
Mais la voicy venir, écoutons son langage,
Puis ie luy prediray mon sinistre message.

Perside.

O grand Dieu éternel destournez de mon chef,
D'Eraste & mes subiects ce desastreux meschef,
Bannissez loin de moy ces songes & cet ombre
Qui se complaint à moy cependant la nuict sombre.

Mais qu'est-ce à dire, ô ciel, ie ne peux reposer,
Les hiboux prés de moy ne font que croasser,
Ne seroit-ce point bien quelque mauuais augure
Qui me veut denoncer quelque triste aduanture,
Ie ne sçay, mais voicy me semble vn messager,
Il pourra Dieu aidant mon cœur desaffliger,
Bien qu'il semble tout triste & pasle de visage.
Amy où allez-vous maintenant en voyage.

Le Messager.

Ie vous viens apporter plein de compassion
Vn deluge de pleurs remply d'affliction.

Perside.

Dy moy donc promptement, n'accrois ma fascherie.

Le Messager.

Vous n'auez plus d'espoux, il est priué de vie.

Perside.

Comment priué de vie, ô pitoyables dieux,
Qui se seroit vers luy monstré si furieux.

Le Messager.

Le Scythe Solyman qui dessous vne feinte,
N'ayant des puissans dieux ny du ciel mesme crainte,
L'a fait par Mustapha de vos yeux exempter
Pour le faire en sa Cour à tort décapiter,
Disant pour tout subiect qu'il auoit voulu rendre
Rhodes aux Roys Chrestiens.

Perside.

        Que me fay-tu entendre
O triste messager, tu me naures le cœur,

O Gelon inhumain, ô cruel Empereur,
Esgouſt d'impieté, ſentine de tout vice,
N'as-tu point craint du ciel & des dieux la iuſtice,
Hà tigre Hircanien ſur Caucaſſe enfanté,
Hà barbare ſans foy d'vne louue allaité,
As-tu bien eu le cœur dy moy bouc temeraire,
D'expoſer au tombeau ce celebre exemplaire,
De ce qui fut iamais de vertu & de beau.
Ie ſçay ce qui t'a meu de le mettre au tombeau,
Mais tu n'auras l'honneur de me ſurprendre au piege.

Le Meſſager.

Non content de cela il veut mettre ſon ſiege
Deuant cette cité penſant iouyr de vous.

Perſide.

Pluſtoſt le Tout-puiſſant contre moy en courroux
Me mutille en morceaux de ſon impiteux foudre.

Le Meſſager.

Laiſſez là ces ſoûpirs, il vous conuient reſoudre,
Puis que le ciel vous à ce deſaſtre produit.

Perſide.

Pluſtoſt l'eau ſera feu & le iour ſera nuict,
Que i'aille dedans moy eſteignant la memoire
De mon eſpoux qui fut des caualiers la gloire,
Mais pour vanger ma perte & ma calamité,
Ie m'en vay au palais d'vn courage indompté
Faire armer nos ſoldats, afin que noſtre ville
Ne ſoit pillée encor de ce Scythe inciuile.

SCENE II.

Solyman, Brusor, Tenedos Capitaine des Iannissaires, Perside.

Solyman.

Puis que i'ay surmonté mon grand compediteur
Qui Perside empeschoit de me donner son cœur,
Qui me seruoit d'obstacle & offusquoit ma gloire,
Il me faut maintenant emporter la victoire
De cette deïté qui comme le Soleil
Ne voit rien qui égalle en clarté son bel œil.
Mais quoy ils m'ont fermé les portes au visage
Pensant abastardir mon genereux courage,
Mais ie vay protestant Mahom & le dieu Mars
Que ie renuerseray derechef les rampars
Si ie n'ay en mes mains la gentille Perside,
Pour qui de son espoux i'ay esté homicide:

Brusor.

Sire que le courroux ne vous vueille enflamer,
Il faut les Rhodiens soudain faire sommer
De vous la mettre és mains, premier que vostre force
Démantelant leurs murs à ce faire les force.

Tenedos.

Vostre conseil est bon.

Solyman

*   Il en faut d'encauser,*
Mais s'ils veulent cela insolens refuser.

Capitaine des Iannissaires.

Nous les affligerons d'une estroitte famine,

Nous mettrons derechef leur cité en ruine,
Nous les égorgerons vous faisant par le fer
De Perside auant peu vaillamment triompher.

Solyman.

Il les faut donc sommer sans dauantage attendre.

Brusor parlant à ceux de Rhodes.

Holà bas citoyens desirez-vous vous rendre
Au seigneur Solyman, qui touché d'amitié
Veut auoir de la ville & du peuple pitié.

Rhodiens armez au dongeon de Rhodes.

Non c'est parlé en vain, le peuple ny la ville
Ne se rendra iamais esclaue ny seruille
A ce traistre gelon qui met barbarement
Ses fidelles subiects au cendreux monument.

Solyman.

Rendez moy la cité, n'endurez pas vn siege.

Perside.

Tu ne nous prendras pas dans ton perfide piege,
Mais quoy quelle asseurance aura-on or à toy,
Dy moy Tigre inhumain, qui sans Dieu & sans foy
D'vne ame Barbaresque & sanglante & ingratte
As fait iniustement mourir mon cher Eraste,
Tu penses par sa mort accomplir ton desir,
Tu penses par sa mort m'auoir à ton plaisir,
Mais plustost le Soleil esteindra sa lumiere
Dans le sein de Thetis son humide hosteliere.

Tenedos.

C'est quelqu'vn qui Perside au dongeon contrefait.

Perside.

Non non ie suis Perside au dongeon en effet.

Perside qui premier qu'on voye aux cieux Hecatte
Ira aux champs d'Elise auec son cher Eraste
Qui t'a seruy viuant aussi fidellement
Que tu t'es comporté vers luy iniquement.
Mais puis que son esprit reuoit son archétipe,
Puis qu'il est remonté à son diuin principe,
Qu'atome il se va ioindre auec son vnité,
Que la mort la conduit à l'immortalité,
Que cet astre se voit en sa sphere premiere,
Que ce rayon est ioint au corps de sa lumiere,
Ie veux viure auec luy, ie veux suiure ses pas,
Triomphant du destin, de toy & du trespas.
O destins courroucez, ô ciel rempli d'enuie,
Puis que vous desiriez triompher de sa vie,
Pourquoy me laissez-vous, pourquoy helas pourquoy
Ne mourray-ie auec luy & luy auecques moy,
Pensez-vous qu'en sa mort ie le puisse suruiure,
Non non vne moitié sans l'autre ne peut viure,
En l'heur & au malheur subsiste nostre accord,
Sa vie fut ma vie & sa mort est ma mort,
Il fut mon beau soleil, ie fus sa belle flame,
Il fut mon cher espoux, ie fus sa chere femme,
Or si la flame suit au couchant son soleil,
La femme doit suiuir son espoux au cercueil,
Ame donc de mon corps départs toy ie te prie,
Mourons pour acquerir vne seconde vie,
Enuole-toy couarde, afin qu'en vn tombeau
Nous soyons rassemblez par vn hymen nouueau.

Capitaine des Iannissaires.

Auons-nous en ce lieu amené nos gendarmes,
Passé tant de dangers & pris és mains les armes
Pour écouter ainsi ce soldat discourir.

Solyman.

Tirez, tirez à luy, & le faites mourir,
Puis qu'il nous attedie icy de son langage.

Perside.

Hà lyon Lybien, sanglant Antropophage,
Fleau des Princes Chrestiens, de l'honneur ennemy,
Tu ne me rendras point mon visage blèmy
Pour m'enuoyer la mort, mais me priuant de vie
Tu sembleras plustost approuuer mon enuie.

Solyman.

Tirez sur ce soldat qui me fait courroucer.

Tenedos.

Ie le vay d'une balle à l'enuers renuerser.

Solyman.

Quoy? qu'est-ce là soldats, sa langue enuenimée
Semble brauer la mort & nostre illustre armée,
Tirez quoy qu'en apres il en puisse aduenir.

Capitaine des Iannissaires.

Ie vay cet arrogant de ce coup-là punir.

Perside naurée à mort.

Ne disputez plus tant car la parque meurtriere
Me va passer du Stix sa paixeuse riuiere,
Pour me faire reuoir Eraste mon espoux,
Adieu donc cœur de roc, la rage & le courroux
Desastres irritez ainsi qu'une tempeste
Te puisse écarbouiller ta malheureuse teste.

Brusor.

Ce soldat s'est caché ou il est tombé mort.

Tenedos.

Donnons à la cité un merueilleux effort,
Eschelons les rampars, abatons les murailles,
Et ionchons le paué de ces viles canailles,
Qui semblent s'opposer à vostre Maiesté.

Solyman.

Pour en laisser l'exemple à la posterité
Faisons tous de leur ville un tombeau déplorable
Où la pasle Attropos paroisse épouuentable,
Où Enion se plaise, où Mauors soit sanglant
Et les corps inondez dans les fleuues de sang,
Mais parmy tant d'horreurs que l'on sauue Persid
Dont l'aimable portrait dessus mon cœur preside.

Capitaine des Iannissaires.

Nul ne va resistant, entrons dans la cité.

Brusor.

Courage nous auons le rampart conquesté,
Courage, entrez soldats, nous auons la victoire,
Et sans iouër du fer acquis beaucoup de gloire.

Solyman.

Puis que les Rhodiens n'ont vers moy resisté
Ie leur donne la vie auec la liberté,
Que chacun seulement m'aille cherchant Perside.

Tenedos.

Montons dans ce dongeon ie seruiray de guide.

Solyman.

Mais voyons celuy-là que vous auons tué
Pour s'estre à discourir par trop éuertué,
Ostez-luy son armet, ie veux voir son visage,
Comment dieux, ciel, destins, demons, horreurs & rage
Qu'auez-vous fait soldats, quoy vous auez octis
Perside qui tenoit captifs tous mes esprits
Dans ses beaux cheueux d'or! hà perside canaille
Il faut que de mon glaiue en pieces ie vous taille,
Fuyez si vous voulez ie suiuiray vos pas,
Hà que ie suis dolent de ce cruel trespas,
Et d'auoir abregé iniustement la vie
A ce vaillant Eraste honneur de la Turquie.
O Amans bien-heureux qui vous mes sens troublez
Par la mort desunis & ores assemblez
Pour chasser de mon chef tous sinistres encombres
Et appaiser là bas vos bien-heureuses ombres,
Ie vous veux esleuer un mausolle ou cercueil
Qui sera comme vous en beauté sans pareil,
Car en iaspe, diamans, iayet, porphire, ebene,

Il fera honte à ceux d'Arthemise & Porsene,
Puis deſſus ce tombeau ie feray faire encor
Vne ſuperbe pointe où l'on pendra Bruſor
Lequel me conſeilla enuenimé d'enuie
De deſpouiller Eraſte & d'honneur & de vie,
Appaiſant par ſa vie & ce riche cercueil.
Cette chaſte Diane & ce ſecond Soleil:
Or ie vay de ce pas Bruſor donc faire prendre,
Pour le tombeau conſtruit deſſus le faire pendre.

FIN.

www.ingramcontent.com/pod-product-compliance
Ingram Content Group UK Ltd.
Pitfield, Milton Keynes, MK11 3LW, UK
UKHW022217070726
13613UKWH00004B/1715